KB273535

꼬리 두 개 달린 인어이야기

캘리 조지 **지음** | 애비게일 햘핀 **그림** | 김현좌 **옮김**

The melancholic mermaid

꼬리 두 개 달린 인어이야기

1판 1쇄 2012년 7월 18일

1판 3쇄 2013년 7월 10일

지은이 캘리 조지 | 그린이 애비게일 핼핀 | 옮긴이 김현좌

펴낸이 정연금 | 펴낸곳 멘토르

책임편집 이수정 | 교정교열 신정진

기획 김미숙, 강지예, 조원선, 안소영

마케팅 이운섭, 나길훈 | 경영지원 안정배, 설윤숙, 박은정

등록 2004년 12월 30일 제302-2004-00081호

주소 서울시 마포구 동교동 198-5 신흥빌딩 3층

전화 02-706-0911 | 팩스 02-706-0913

홈페이지 www.mentorbook.co.kr | 트위터 @mentorbook

ISBN 978-89-6305-558-9 14840

※ 노란우산은 (주)멘토르출판사의 아동서 및 자녀교육서 브랜드입니다.
※ 책값은 뒤표지에 있습니다.
※ 잘못된 책은 바꾸어 드립니다.

인어이야기

노란우산

자정이 한참 지나자 서커스장은 깊고 어두운 바닷속처럼 고요해졌어요. 토니는 인어를 줄로 둘러매어 임시로 만든 도르래에 매달았어요. 그러고는 인어를 수족관에서 꺼내어 작은 손수레에 실었어요.

차례

꼬리가 두 개 달린 인어

푸른 그림자가 넘실대는 인어 왕국에 눈부시게 아름다운 아기 인어가 태어났어요. 그런데 이 아기 인어는 특이하게도 반짝반짝 빛나는 꼬리가 두 개였어요.

아빠 인어는 딸의 꼬리를 보고 매우 자랑스러워하며 말했어요.

"헤엄치는 속도가 두 배는 빠르겠어. 힘도 두 배로 세고."

엄마 인어도 말했어요.

"신의 은총도 두 배로 받을 테죠. 사랑스런 이 아기는 위대한 모험을 할 거예요."

인어 왕국에서는 이렇듯 꼬리가 두 개인 인어의 탄생은 매우 특별하고도 기념적인 일이었답니다.

달리기 시합에서 참다랑어를 이긴 스피드 챔피언 '애틀란티', 백상어에게 붙잡힐 뻔한 인어들을 구한 '셀룬'도 꼬리가 두 개 달린 인어였지요. 하지만 그중에서도 가장 유명한 건 '트리스타'예요. 트리스타는 두 꼬리로 꼿꼿이 설 수 있는 유일한 인어였어요. 게다가 그 꼬리로 폭풍우가 몰아치는 날 아기 인어를 구해 내기도 했지요.

엄마 아빠는 아기 인어의 이름을 더욱 강한 인어가 되길 바라는 마음에서 '힘' 이라는 뜻이 담긴 '모드'라고 지었어요. 그리고 모드의 꼬리처럼 신의 은총도 두 배로 받으라는 의미로 조개껍데기 두 개를 꿰어 만든 목걸이를 목에 걸어주었답니다.

하지만 모드는 자랄수록 자신의 특별한 꼬리가 신의 축복이라기보다는 저주처럼

여겨졌어요. 다른 인어들이 모드와 함께 '난파선 돌아오기'나

'꼬리표 떼기' 같은 놀이를 하려 들지 않았기 때문이죠.

"넌 꼬리가 두 개라 너무 빨라. 이건 불공평해."

친구들이 말했어요.

그래서 모드는 학교가 끝나면 혼자 쓸쓸히 집으로 헤엄쳐 왔어요. 꼬리가 두 개인 덕분에 다른 아이들보다 빨리 돌아올 수 있었지요.

어느 날 밤, 모드가 유난히 우울해하자 엄마가 달래주었어요.

"다른 아이들은 너를 부러워하는 거야. 잊지 말아라. 넌 두 배나
 빠르게 헤엄칠 수 있고……."
"힘도 두 배나 세죠."
 모드가 중얼거렸어요.
"그리고 두 배나……."
"귀여운 아이지."
아빠 인어가 모드의 방으로 헤엄쳐 와 말했어요. 그러고는 딸의
두 뺨에 뽀뽀해 주었지요.
"좋은 꿈 꾸어라, 아가."
엄마와 아빠가 다정하게 말했어요.
그러나 모드는 잠이 오지 않았어요. 창밖에는 해파리들이 나풀
거리며 사이좋게 헤엄치고 있었어요.

'내게 친구가 한 명이라도 있다면…… 내가 바라는 건 친구 하
나뿐인데…….'
모드는 생각했어요.

시간이 흘렀지만 다른 인어들은 여전히 모드를 피하기만 했어요. 모드는 자랄수록 더 불행해졌어요.

모드는 학교에도 가지 않고, 인어 왕국 외곽에 있는 난파선에서 놀거나, 아무도 살지 않는 섬 주변의 작은 암초들 사이에서 하루를 보냈어요. 그러다가 외로워지면 홀로 앉아 울곤 했지요.

인어들은 거의 울지 않아요. 하지만 인어가 눈물을 흘릴 때면 눈에서 공기 방울이 나온답니다.

모드의 눈에서는 날마다 공기 방울이 흘러나와 바다 위로 올라갔어요.

어느 날 어부가 뽀글뽀글 올라오는 공기 방울들을 보았어요.

"세상에! 도대체 이게 뭐지?"

어부는 뭔가 좋은 걸 낚을 것 같다는 희망을 품고 그물을 힘차게 던졌어요.

안타깝게도 슬픔에 빠져 흐느끼던 모드는 머리 위로 그물이 내려오는 걸 알아차리지 못했어요.

"살려주세요! 살려주세요!"

그물에 걸린 모드가 외쳤지만 인어 왕국은 너무 멀리 떨어져 있어 아무도 모드의 목소리를 듣지 못했어요.

모드는 온 힘을 다해 몸부림쳤지만 단단한 그물을 끊어 낼 수 없었어요. 모드의 머리 위에서 흐릿하게 보이던 배의 바닥이 어느새 점점 가까워졌고 모드는 배에 머리를 부딪혀 그만 정신을 잃고 말았어요.

얼마나 시간이 지났을까요. 정신을 차린 모드는 깜짝 놀랐어요. 유리로 된 수족관 속에 갇혀 있었기 때문이에요. 꼬리를 휘두르며 몸부림을 쳐 보았지만 소용이 없었어요.

'나는 힘도 잃고, 정신도 잃었어. 하지만 이제라도 다시 정신을 차린다면…….'

모드는 수족관에서 벗어나기 위해 스스로를 다독였어요.

그때 모드는 수족관 유리 너머로 자신을 바라보는 두 발 달린 사람들을 보았어요. 어떤 이는 매서운 눈빛으로, 어떤 이는 배고픈 상어처럼 새하얀 이를 드러내며 웃었지요. 순간 모드는 부모님이 해 주었던 이야기가 떠올랐어요.

"육지엔 두 발 달린 사람이 산단다. 우리 인어와 사람은 옛날엔 친구였지만 이제 더 이상 친구가 아니야. 요즘 사람들은 인어를 다른 바다 동물과 다름없이 생각하지. 그러니까 조심해야 해."

모드는 두려움에 꼬리를 끌어안으며 몸을 잔뜩 웅크렸어요.

언제나 장갑을 끼고 있는 소년

 바다 깊은 곳에서 모드가 태어난 바로 그날, 어부의 오두막에서는 토니란 남자아이가 태어났어요. 토니는 아기였을 때부터 바다를 좋아했어요. 서늘한 아침 안개, 파도가 들려주는 자장가, 푸르고 아름다운 물빛 등 바다의 모든 것을 사랑했지요. 그러나 다른 아이들과는 잘 어울리지 못했어요. 그 이유는 토니의 손에 물갈퀴가 달려 있었기 때문이었어요.

"토니는 개구리래요! 개구리래요!"

아이들은 소리를 지르며 토니의 장갑을 잡아채려고 달려들었어요. 물갈퀴가 달린 손을 보려고 말이지요. 토니는 물갈퀴 손이 불편하지는 않았지만 아이들의 놀림 때문에 괴로웠어요.

날이 갈수록 더 많은 아이들이 놀려대자 토니는 점점 더 슬퍼졌어요.

그러던 어느 날 재주꾼들이 모여 있다는 서커스단이 토니의 마을을 찾아왔어요.

그리고 얼마 지나지 않아 서커스단을 이끄는 링 단장은 토니에 관한 소문을 듣게 되었어요. 그녀는 알 수 없는 미소를 띠며 토니의 집을 방문했어요.

"아드님이 물갈퀴 손 때문에 힘들어하지 않나요? 제가 아드님을 유명한 스타로 만들어 드리죠. 우리 서커스단은 좋은 곳이에요. 토니도 분명 행복해할 거예요."

처음엔 어찌 해야 할지 모르던 토니의 부모님은 링 단장의 다정한 목소리와 끊임없는 설득에 토니를 서커스단에 보내기로 결정했어요.

하지만 그 모든 것이 거짓말이었다는 것을 토니는 금방 깨닫게 되었어요. 서커스단과 토니는 어울리지 않았거든요.

서커스단은 요란한 웃음과 고함 소리로 늘 소란스러웠어요. 하지만 토니는 조용한 아이였어요.

서커스장은 도넛과 솜사탕의 달콤한 냄새로 가득했지만 토니는 신선하고 짠 내가 나는 바다가 그리웠어요.

서커스단 사람들은 밝고 요란한 무늬를 좋아했어요. 하지만 토니는 안개 낀 아침의 회색빛이 그리웠어요.

링 단장은 토니에게 못되게 굴었어요. 토니에게 반짝반짝한 옷을 입힌 뒤, 서커스 쇼에 나가 물갈퀴 달린 손을 관객들에게 내보이라고 몰아붙였어요.

"개구리 소년, 토니! 그 끔찍한 물갈퀴 손이 지금 공개됩니다!"

링 단장이 토니를 무대로 내몰 때마다 토니는 얼어붙어 아무것도 할 수 없었어요. 그러자 링 단장은 토니에게 불같이 화를 내며 말했어요.

"쓸모없는 것 같으니라고! 쇼를 할 수 있을 때까지 청소나 해!"

하루하루가 가고 여러 달이 지났어요. 링 단장은 토니에게 점점 더 못되게 굴었고 토니는 덫에 갇힌 듯한 기분을 느꼈어요.

어느 날 아침, 서커스단이 바닷가 마을에서 천막을 치고 있을 때였어요. 링 단장이 토니를 불러 말했어요.

"토니, 이제 너한테 아주 중요한 일을 맡길 거야. 어젯밤, 나는 어부에게 거금을 주고 근사한 걸 손에 넣었지. 넌 그것이 도망가지 못하게 철저히 감시하도록 해. 이제 난 어마어마한 부자가 될 거야."

"그…… 그게 뭐죠?"

토니가 말을 더듬으며 물었어요.

"그거야 당연히 내 돈줄이지! 멍청한 것. 파란 텐트에 있으니 어서 가 봐!"

링 단장이 소리치며 토니에게 나가라는 손짓을 했어요.

파란 텐트에 들어선 토니는 어두운 수족관 안에서 힘없이 앉아 있는 신비로운 모습의 인어를 발견했어요. 토니는 난생처음 보는 광경에 깜짝 놀라 멍하니 서서 눈만 깜빡거렸어요.

'꼬리가 두 개 달린 사람이라니!'

인어의 녹색 머리카락이 해초 줄기처럼 부드럽게 너울거렸어요. 토니가 인어의 얼굴을 자세히 보려고 수족관으로 가까이 다가가자 인어는 손으로 얼굴을 감쌌어요. 순간 토니의 시선은 그녀의 손에서 멈추었어요. 인어의 손에도 토니의 손과 꼭 닮은 물갈퀴가 나 있었어요.

그때, 인어의 물갈퀴 손 사이로 작은 공기 방울이 올라오기 시작했어요. 한참 뒤 인어가 감추었던 얼굴을 드러내자 토니는 그 작은 공기 방울이 인어의 눈에서 나온 것임을 알게 되었어요.

토니는 날마다 인어에게 해초를 주거나, 인어를 구경하러 온 사람들이 수족관에
남긴 손자국과 얼룩 등을 닦아 냈어요.

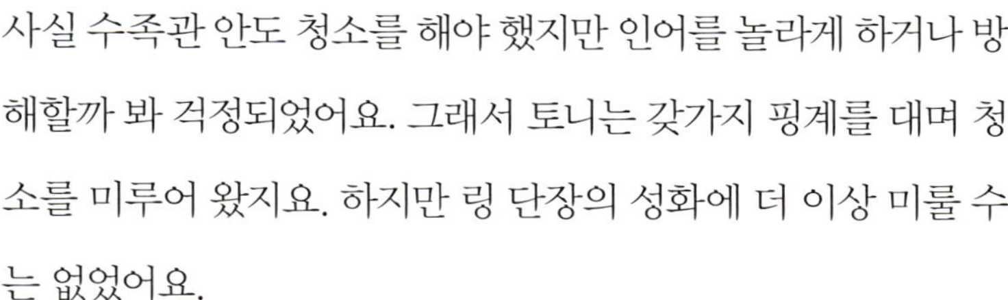

사실 수족관 안도 청소를 해야 했지만 인어를 놀라게 하거나 방
해할까 봐 걱정되었어요. 그래서 토니는 갖가지 핑계를 대며 청
소를 미루어 왔지요. 하지만 링 단장의 성화에 더 이상 미룰 수
는 없었어요.

토니는 일부러 시간을 끌며 천천히 장갑을 벗고, 느릿느릿 수족
관 안으로 들어갔어요. 토니가 물속으로 들어오자, 인어는 건
드리면 몸을 확 움츠리는 말미잘처럼 몸을 사리며 구석으로 도
망갔어요.

"괜찮아, 난 널 해치지 않아."
토니의 말은 공기 방울이 되어 나왔어요.

토니는 인어가 앉아 있는 구석 자리를 피해 재빨리 유리에 낀 물이끼를 문질러 없

앴어요. 토니는 인어를 위해 최대한 빨리 청소를 끝내려고 노력했어요. 그런데 큰 바위를 문지르는 순간 다른 바위가 토니의 손 위에 떨어지고 말았어요. 토니는 손을 빼내려고 안간힘을 썼지만 무거운 바위 때문에 도무지 뺄 수가 없었어요.

숨이 차올라 고통에 발버둥을 치던 그때 토니의 다리에 무엇인가가 닿았어요. 바로 인어였어요. 인어는 토니의 손과 자신의 손을 번갈아 바라보더니 손을 뻗어 바위를 들어 올렸어요. 토니가 손을 빼내자 인어는 재빨리 토니의 손을 잡고 수면 위로 끌어올려 주었어요. 토니는 그제야 가쁜 숨을 몰아쉬며 수족관 밖으로 나올 수 있었지요. 토니의 손에는 한동안 인어의 서늘한 감촉이 맴돌았어요.

얼마 후 정신을 차린 토니는 수족관 앞으로 다가가 인어를 바라보며 말했어요.

"고마워……."

그때 텐트 안으로 서커스단의 광대가 들어오자 토니는 셔츠를 입었어요.

"아직 살아 있나?"

광대는 기괴한 표정을 지어 보이며 인어를 향해 소리를 지르고,

수족관을 쿵쿵 두드렸어요.

"그만해요!"

토니가 소리를 질렀어요.

"토니, 저 물고기 참 귀엽지 않니?"

토니는 눈시울이 뜨거워졌어요. 그때 인어의 눈에서 다시 공기

방울이 흘러나왔어요. 그 순간 토니는 인어의 눈에서 나오는 공

기 방울의 의미를 깨달았어요.

인어가 눈물을 흘리는 걸 본 토니는 화가 나서 참을 수 없었어요.

토니는 링 단장의 텐트로 뛰어가 말했어요.

"인어가 울고 있어요! 당장 인어를 보내 주세요."

"내 인어는 아무 데도 보낼 수 없단다."

링 단장이 토니를 비웃으며 차갑게 말했어요.

"하지만 인어는 집에 가고 싶어 해요. 인어가 불쌍하지도 않으세요!"

"난 말이다, 꼬마야. 서커스 역사에 길이 남을 위대한 쇼를 만들 거야. '꼬리 둘 달린 인어와 개구리 소년!' 상상만 해도 멋지지 않니? 난 아주 유명한 사람이 될 거야. 그리고 어마어마한 돈을 벌게 되겠지."

단장은 탐욕스런 눈빛으로 인어에 대해 또 참견하면 가만두지 않겠다는 듯이 토니를 노려보았어요. 토니는 힘없이 텐트를 나오며 중얼거렸어요.

"난 개구리 소년이 아니야."

그러고는 텐트 바깥에 쌓인 흙더미 위에 털썩 주저앉아 링 단장의 탐욕스러운 눈빛과 눈물을 흘리던 인어의 모습을 생각했어요. 그렇게 한참을 깊은 생각에 잠겨 있던 토니에게 순간 대담한 생각이 떠올랐어요.

2
TAILED
Mermaid
COMING
SOON
A
TRUE
OCEAN
wonder

모드와 토니의 탈출

자정이 한참 지나자 시끄럽던 서커스장도 깊고 어두운 바닷속처럼 고요해졌어요. 토니는 주위에 사람이 없는지 살핀 다음 임시로 만든 도르래에 인어를 매달아 수족관 밖으로 끌어 올렸어요. 그리고 작은 손수레에 조심스럽게 내려놓았어요. 인어는 고래의 노랫소리 같은 '삑삑' 소리와 '찰칵' 하는 소리를 내었어요.

"쉿! 조용!"

토니가 소곤거렸어요.

"그러다 누군가 깨겠어. 너무 걱정하지 마, 내가 널 바다로 돌려보내 줄 테니까. 그리고 나도 여길 떠날 거야."

하지만 토니는 막상 어디로 가야 할지 아무런 생각도 나지 않았어요. 급하게 서두르느라 장갑과 얼마 안 되는 짐도 챙기지 못했지요. 하지만 그걸 다시 가져올 시간은 없었어요.

토니는 초조하게 주위를 둘러보았어요. 다행히 아무도 보이지 않자 토니는 재빨리 손수레를 텐트 밖으로 밀었어요.

토니는 인어가 물 밖에서 얼마나 버틸 수 있을지 알지 못했어
요. 그저 어부였던 아버지가 부르던 뱃노래를 웅얼거리면서 불
안한 마음을 떨쳐버리려 노력했어요.

얼마나 지났을까, 그들이 모래 먼지가 자욱한 길로 들어섰을
때 서서히 동이 트기 시작했어요. 그리고 눈 앞에 그토록 그리
워하던 푸른 바다가 펼쳐져 있었지요.

하지만 벅찬 기쁨도 잠시, 토니의 가슴은 이내 철렁 내려앉았
어요.

"썰물이야!"

토니는 모래밭으로 손수레를 밀었어요. 그러나 곧 수레는 모래
속에 빠져 멈춰 버렸어요. 토니는 수레를 모래밭에서 빼내려고
이리저리 당겨보았지만 수레는 꼼짝도 하지 않았어요.

그때 저 멀리서 부릉거리는 소리가 들려왔어요. 토니는 점점

더 가까워지는 소리를 향해 고개를 돌렸어요.

"서커스 광대의 오토바이야! 이런! 링 단장도 함께 오고 있잖

아!"

다급해진 토니는 인어를 수레에서 끌어내 부축했어요.

토니가 인어를 서커스단에서 탈출시키는 것은 무척이나 힘든

일이었어요. 그리고 모래밭에서 인어를 바다로 옮기는 일은 아

예 불가능해 보였지요.

하지만 토니는 포기하지 않고 인어를 부축해 모래밭을 걸었어

요. 그러나 곧 얼마 못 가 인어와 함께 쓰러지고 말았어요.

“이게 마지막이군……”

모래밭에 쓰러진 모드가 중얼거렸어요. 모래 때문에 눈이 따가 웠지만 인어는 물 밖에서는 눈물을 흘릴 수가 없었어요.

그때 모드는 자신을 감싸 안는 팔을 느꼈어요. 두 발 달린 사람, 자기처럼 물갈퀴 손을 가진 소년, 자신을 보살펴 주고 수족관 에서 빠져나오게 해 준 그 소년이 지금 온 힘을 다해 모드를 들 어 올리려 애쓰고 있었어요. 소년은 포기하지 않았어요!

순간 모드의 가슴속 깊은 곳에서 용기가 솟아났어요. 이전에 는 느껴 보지 못한 강한 힘이었지요.

‘나도 포기할 수 없어!’

모드는 꼬리 둘 달린 인어 ‘트리스타’를 생각했어요. 두 꼬리로 똑바로 선, 그 전설의 인어를 말이에요.

그리고 자신도 두 꼬리를 이용해 똑바로 서려고 했어요. 꼬리 끝이 파르르 떨려 왔어요. 소년이 팔을 둘러 부축하자 모드는 마침내 꼬리 하나를 끌어당긴 뒤에 다른 꼬리를 끌어 모래밭을 걷기 시작했어요. 지금까지 어느 인어도 하지 못한 일이었지요.

모드를 잡으려는 두 발 달린 사람들이 점점 가까이 다가왔어요.

모드가 '더 이상 버티기 힘들어…….' 라고 생각하는 순간, 차가운 물이 꼬리지느러미에 닿았어요. '풍덩' 하는 소리와 함께 모드는 바다로 몸을 던졌고 곧 깊은 물속으로 몸을 꿈틀대며 앞으로 나아갔어요.

두 발 달린 사람들은 시끄러운 기계에서 내리더니 재빠르게 모래사장을 가로질러 바닷물로 뛰어들었어요. 하지만 이미 너무 늦었지요. 모드는 자유로운 몸이 되었어요.

모드가 바다를 향해 헤엄치려 할 때 소년이 생각났어요. 소년도 도망치기 위해서 바다로 뛰어들고 있었지요.

모드는 소년을 도와야 한다고 생각했어요. 그녀는 해안 가까이 헤엄쳐 가서는 꼬

리를 쳐들어 지느러미로 물을 철썩 내리쳤어요. 그러자 바닷물

이 마치 거대한 파도처럼 링 단장과 광대를 덮쳤어요.

"으악!"

광대가 소리를 질렀어요.

"앞이 안 보여!"

링 단장이 찢어질 듯한 비명을 질렀어요.

바다로 뛰어든 소년은 재빨리 헤엄쳐 모드 옆으로 다가왔어요.

소년이 숨을 쉬기 위해 다시 수면 위로 올라오자 모드도 함께

올라왔어요.

모드는 토니의 주위를 빙빙 두 번 돌았어요. 그러고 나서 미끄러지듯 토니의 손을 잡았어요. 토니는 웃음을 지으며 신발을 벗어 버렸어요.

모드의 입가에는 인어들이 행복할 때에만 내는 반지 모양의 공기 방울이 피어올랐어요.

넘실대는 파란 바다에 모드와 토니의 웃음이, 반지 모양 공기 방울처럼 가득 퍼졌어요.

신의 은총을 두 배로 받은 꼬리 덕에 토니를 구한 모드는 두 배로 강인한 영혼이 되어 헤엄쳤답니다.

그들은 어떻게 되었을까요?

모드는 예전에 자신이 발견했던 여러 섬들 가운데 사람이 살기에 적당한 곳을 알고 있었어요. 그리고 토니가 고칠 수 있을 만한 작은 난파선이 어디에 있는지도 알고 있었지요.

이렇게 해서 토니는 인어 왕국 근처의 작은 섬에서 살게 되었어요. 그리고 차츰 삑삑거리고 찰칵 하는 인어의 말도 알아듣게 되었어요.

모드는 날마다 토니에게 필요한 보물을 가지고 찾아왔어요. 모드의 부모님과 친구들도 토니를 찾아왔어요. 모드는 모두에게 토니를 소개했어요. 그리고 얕은 물속에서 함께 즐거운 시간을 보냈어요.

모드는 이제 더 이상 혼자가 아니에요. 오히려 친구들이 먼저 모드에게 다가와 두 발 달린 사람들과 육지에 대해서 이야기해 달라고 졸랐어요. 그러면 모드는 수줍어하면서 어떻게 꼬리로 걸어서 탈출했는지 보여 주었지요. 오래지 않아 두 꼬리로 걸은 모드의 이야기는 인어들의 역사에 기록되었어요.

토니가 난파선을 다 고치자 둘은 함께 그 배를 타고 여행을 가기로 결정했어요. 그리고 어느 화창한 날, 둘은 반은 물고기이고 반은 말인 야생 해마를 찾아 멀리멀리 떠났답니다.

마침